# EEN
# DODE
# MUS

Omslagbeeld en illustraties binnenwerk: Meike Lieve Bos
Omslagontwerp: Linda Sier
Foto auteur: Mariel Kolmschot
Typografie: Linda Sier
Druk- en bindwerk: Wilco, Amersfoort

ISBN 978 90 5672 732 1
NUR 303

Eerste druk, oktober 2022

MEIKE LIEVE BOS

# EEN DODE MUS

SIGNATUUR

2022

VOOR MIJN
TROOSTVOGELTJES

# INHOUD

Vroeger aten rijke mensen vinkjes.
Arme mensen konden dit niet
betalen en deden net alsof
door een stukje gehakt met
vlees te omwikkelen.
Dit leek namelijk ook best een
beetje op een geplukt vogeltje.
Doordat de oogjes van het
vinkje er in deze versie niet in
zaten, noemden ze dit een
'blinde vink'.

# VINK

# VINK

WIM HELSEN

Omdat Sylvia de enige vogel is die kan praten zoals mensen praten, heeft zij een verlangen dat andere vogels niet kennen: zij wil graag in haar nest een mens op bezoek. Dat is haar enige wens. Een mens in haar nest om mee te praten over thema's: slapen in een bed, bijvoorbeeld, hoe dat is. Wat het bezoek vindt van haar nest. Hoe mensen kiezen waar ze hun huis maken, hoeveel soorten regen er bestaan, wat het beste aspect is van bezoek krijgen.

Jarenlang spreekt Sylvia mensen aan, zingt voor hen, nodigt hen uit. Elke keer vangt zij bot. De paar mensen die échte interesse tonen, geraken niet tot in het nest, en als ze er geraken, passen ze er niet in. Sommigen vallen en breken dingen.

Dan, de dag voor Sylvia doodgaat, deelt zij ongevraagd het besluit van haar queeste mee aan een mens op een bankje.

Ik ben die mens.

Ik hoor Sylvia zeggen: ‘Het is jammer dat een mens niet licht genoeg is voor het nest van een vink. Dat ongeluk treft onze soorten allebei. In dat ongeluk zijn wij verenigd.’

‘Ja,’ antwoord ik, ‘dat klopt, geloof ik.’

‘Zo,’ hoor ik haar zeggen, ‘en dan ga ik nu ergens sterven. Dag hoor.’

‘Ja, dag vinkie.’

Eksters zijn ongelooflijk slimme vogels. Als een van de weinige diersoorten doorstaan zij de 'spiegelproef'. Dat betekent dat ze zichzelf herkennen in een spiegel en dus een vorm van zelfbewustzijn hebben.

Het imago van de dief dankt de ekster aan de opera *La gazza ladra* (De stelende ekster) van de Italiaanse componist Gioachino Rossini (1792-1868). Het verhaal gaat over een kamermeisje dat lijkt te stelen, maar de schuldige blijkt een ekster te zijn.

EKSTER

# ESTER

MICHA WERTHEIM

K

Tijdens mijn jonge jaren woonden wij, mijn broers, mijn zussen en mijn ouders, in een nest dat aanvoelde als een paleis. In tegenstelling tot de mussen en mezen om ons heen, die opgroeiden omringd door poep en twijgjes, wamen wij tot wasdom te midden van schitterende gouden papiertjes, zilveren lepeltjes en bronzen schroefjes. Wie niet beter wist zou hebben gedacht dat mijn ouders tovenaars waren. Soms, als de zon laag hing en de warme stralen ons nest streelden, voelde het alsof er speciaal voor ons duizenden lampjes werden aangezet.

Omdat we niet beter wisten, dachten we lange tijd dat al die pracht en praal er altijd al was geweest. Dat het ons als vanzelf toebehoorde. Dat alle nesten zo waren. Dat de wereld een goudmijn was waarin iedereen en alles schitterde.

*k*

k

k

*k*

*k*

*k*

k

De schoonheid die ons omringde was zo alledaags voor ons dat we er lang geen acht op sloegen. Zoals vissen zelden de tijd nemen om stil te staan bij het hemelse gevoel van water dat langs hun vinnen stroomt. Zoals honden zich niet verbazen over het overweldigende assortiment aan geuren waar ze zich dagelijs door omringd weten. Zoals spinnen de dauwdruppels in hun web alleen als een last zien en nooit als een lust voor het oog. Zoals het bij jullie alleen de dichters zijn die zich durven verbazen over het blauw van de lucht. En zelfs die schamen zich om al te lang stil te staan bij al dat prachtige blauw. Anders zouden ze over niets anders hoeven schrijven.

Schoonheid valt nu eenmaal alleen op als ze schaars is.

Bovendien pasten alle glimmende ornamenten in ons nest als vanzelfspreend bij het galatenue waarin onze familie sinds jaar en dag door het leven gaat. Niet het saaie zwart van de merels of het laffe blauwgrijs van de duiven. Mijn broers en zussen, onze ouders, ooms, tantes, opa's, oma's en overgrootouders; allemaal gaan we door het leven in wat op het eerste gezicht stijlvol zwart met wit lijkt. Wie beter oplet ziet pas hoe een verfijnde, marineblauwe zijdeglans alles net dat beetje meer stijl en diepgang geeft.

Zoals onze nesten glinsteren en tintelen van de leuren, zo nispert oo onze staart in wat mijn moeder *royal blue* noemde.

*k*

k

k

*k*

*k*



*k*

K

Bij al die pracht en praal hoorde volgens mijn moeder oo een bepaald gedrag. 'Lieverd,' zei mijn moeder dan, 'besef dat wij anders zijn dan alle andere vogels. Wij hebben stijl. Ons gevoel voor schoonheid verplicht ons een voorbeeld te zijn voor andere dieren.'

Waar andere vogels genoegen nemen met één fluitje, werden wij geacht ons op meer dan één wijze te uiten. We moesten zelfs leren om anderen na te doen.

'Omdat we opvallen,' zei mijn vader als hij weer eens met iets moois tussen zijn snavel thuis wam, 'hebben we de plicht ons beter te gedragen.'

Pas veel later, toen we het nest al verlaten hadden, drong het tot mij door dat al dat moois niet van ons was. Dat mijn ouders het hadden gestolen. Meegenomen zonder te vragen of iemand het zou missen. Hoe meer i erover te weten wam, hoe meer i me schaamde. Schaamte voor mijn ouders, die zich gedroegen alsof al dat moois hun toewam, terwijl het tegenovergestelde waar was. Mijn ouders hadden het allemaal gestolen. Schaamte oo over de manier waarop i mijzelf nooit de vraag had gesteld waar al dat moois vandaan wam.

De schaamte was zo groot dat i er met niemand over durfde te praten. Niet met mijn ouders, niet met mijn broers en zussen.

Het enige wat i wist is dat i niet zo wilde zijn als mijn ouders. I wilde niet dat mijn inderen op zouden groeien in de leugen die mijn ouders voor mij gebouwd hadden.

Pas toen i op het punt stond mijn eerste eieren uit te broeden moest i het erover hebben. Mijn man wam aangevlogen met een ring die hij god weet waar vandaan had gehaald. Alsof er niets aan de hand was plaatste hij het stu edelmetaal in het nest waar weldra onze jongen uit hun ei zouden ruipen.

*k*

k

k

Woedend mite i het leinood over de rand van het nog niet voltooide nest.

Wat volgde was een stortvloed van woede en verdriet waar i zelf geen controle over had. Toen i uitgeraasd was zag i pas dat mensen uit hun zolderraam hingen om te zien waar al het lawaai vandaan wam.

Pas toen i helemaal geen adem meer had om nog iets meer uit te brengen nam mijn man het woord: 'Wij geven juist door te nemen,' zei hij, met een lieve mengeling van oprechte verbazing en mededogen die mij eraan herinnerde waarom i ooit verliefd op hem was geworden.

'Pas op het moment dat ze iets missen beseffen ze wat ze hadden. Een ring die achteloos iedere dag om een vinger wordt geschoven is niets waard. Een ring die plotseling verdwenen is, zal doordoor juist aanwezig zijn. Wij zijn geen dieven, zoals in fabels vaa beweerd wordt. Wij bewijzen de mensen juist een dienst. Pas als er iets ontbreet gaan ze het missen. Gemis is altijd groter en waardevoller.' I ee naar hem en wist dat i nooit iemand anders zou vinden met wie i zo geluig zou zijn.

Sinds die dag noemen wij elaar E ster.

*k*

k

k

*k*

*k*

# BONTE SPECHT

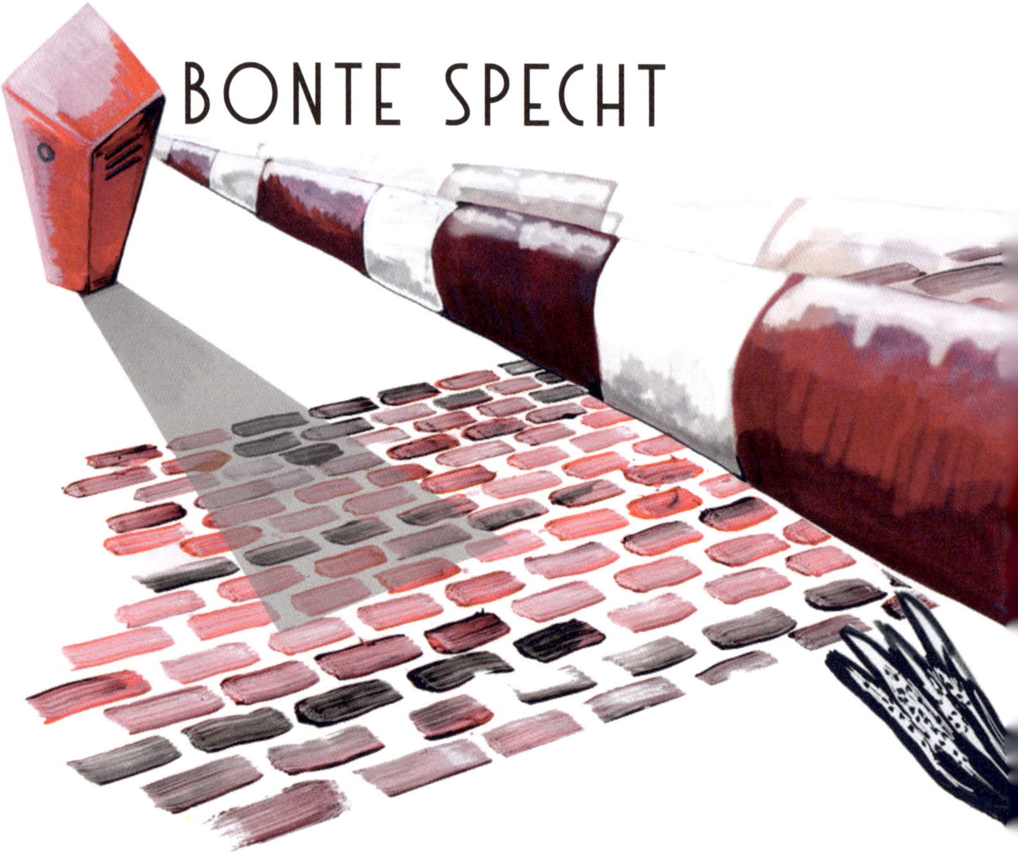

Eén duif staat symbool voor vrede,
twee duiven voor liefde.

Een mannetjesduif heet een doffer.
Een vrouwtjesduif heet gewoon een duif.
Een babyduif heet een pieper. Niet te
verwarren met de aardappel.

De Turkse torteldui f is extreem geil
en potent. Ze leggen elk jaar wel
vijf nesten vol.

# DUIF

# DUIF

## CHRISTINE DE BOER

Er kwam eens een duif naar mijn achtertuin om te sterven. Ik woon in een klein huisje in de Jordaan in Amsterdam en vanuit mijn woonkamer kijk je uit op een minuscuul binnenplaatsje. Geen zon, vochtige tegels, een tafel, een bankje en een paar logge planten (die absoluut gesnoeid moeten worden). Precies dit stukje Amsterdam had het duivenvrouwtje uitgezocht om haar laatste adem uit te blazen. Duiven keren terug naar hun geboortegrond als hun doodslot nadert, hoorde ik. Misschien kwam ze daarom bij mij.

In Amsterdam wonen heel veel duiven. In deze grijze massa moet ze jaren geleefd hebben. Misschien zat ze vaak op de Dam, op een bankje naar de mimespelers te kijken, en vloog ze daarna met een zwerm vrienden over het Damrak. Ze vond vast frietjes in de vuilnisbak achter de McDonald's en ze pikte brood uit de handen van verbaasde dreumesen. Maar toen ze voelde dat ze oud werd en haar gezondheid haar in de steek liet, moet ze haar vrienden gedag gezegd hebben en haar laatste tocht hebben ingezet, terug naar mijn vochtige binnenplaatsje.

Het was duidelijk dat het niet goed met haar ging. Ze vloog niet op als ik wild met de achterdeur wapperde en zelfs toen ik wat water haar kant op gooide, verzette ze amper een poot. Ze bleef, en daar had ik het maar mee te doen. Soms had ik door het raam oogcontact met de zijkant van haar hoofdje en dan leek het of ze knipoogde.

Vier dagen woonde ze onder mijn tafel, op het bankje, tussen de planten. We raakten aan elkaar gewend. En toen op een middag ging het opeens gruwelijk mis. Terwijl ze met een doodsstaar op de tafel zat, kwam er een dik mannetje uit de lucht zeilen. Ze keek op, hij sprong op haar rug en hij verkrachtte haar zo van de tafel af. Ik zat achter het raam en zag alles. Er was veel gefladder van allerlei vleugels en opeens lag ze als oud vuil op de grond. Ze maakte nog een geluid, iets van 'krr, krrr', de dikke doffer was alweer gevlogen.

De volgende ochtend lag ze dood onder de tafel. Een duivenleven weg, en niemand die ernaar kraaide. Haar herinneringen aan Amsterdamse daken, natte straatstenen vol poep en uitgebroede eieren voor altijd verloren. Maar het enige dat ik kon denken was: gadver, er ligt een dode duif in mijn tuin. Hoe krijg ik die weg? Gooi je zoiets in de prullenbak? Door de wc spoelen gaat niet.

Ze heeft nog vier dagen op de mossige tegels gelegen, tot mijn stoerste vriendin langskwam en met een Albert Heijn-tas om haar hand het karkas oppakte. Samen namen we de zak mee naar een ondergrondse afvalcontainer. Zo'n Amsterdamse afvalvreter. We legden de zak met het lijfje in de cilinder. Ik trok aan de hendel, de cilinder sloot zich, ik liet de hendel los, de cilinder opende zich, het lijfje was verdwenen. Het was geen tocht met een paardenkoets over de grachten, maar het leek verdomd veel op een Amsterdamse begrafenis.

Dag vogeltje!

De meeste huismussen sterven
aan heimwee.

De uitdrukking ‘iemand blij maken met een dode mus’ vinden we al terug in de 19e eeuw, hoewel men toen ook weleens mees schreef. Er werd iets in het vooruitzicht gesteld dat waardeloos bleek. Een mus was immers maar een heel alledaags vogeltje en dood nog minder waard dan levend. Het gezegde kan ook uit de jacht zijn voortgekomen, omdat je liever met een fazant of eend thuiskwam dan met zoiets kleins als een mus.

# MUS

# MUS

KIRSTEN VAN TEIJN

Er was eens een mus
hij woonde boven op ’t dak

Observeerde daar de wereld
in zijn bruine verenpak

Een mus met mensenkennis
hij had iedereen door

Hij floot geëngageerde liedjes
maar men negeerde hem in koor

Mus zong over broeikaseffect
en de gloeiende haan op de punt

Want waar mus ook ging zitten
de zon had het op hen gemunt

Men riep van *climate change*
stikstof en temperatuurstijging

Maar de wereld draaide door
alleen hij voelde écht de dreiging

Zijn verenpak viel langzaam uit
de blaren brandden op z’n vel

Hij zag boeren protesteren
maar zagen ze hém wel?

En wat hij ook deed
hoe bewust hij ook was

Mus kon ernaar fluiten
wat wist hij nou van dat gas?

Tot ineens op een snikhete dag
de mus plots doodviel van het dak

En zelfs de haan voor op de punt
zichzelf omsmolt tot een gouden plak

Een boer vond de dode mus
omhuld met glanzend goud

Zo doopte mus zich om tot standbeeld
en wordt nu als held beschouwd.

Papegaaien zijn
monogame vogels,
hoewel (vooral)
het vrouwtje nog
weleens 'buiten het
nest wil schijten'.

Papegaaien worden
oud; ze kunnen zeker
vijftig jaar worden.
Je hebt ze dus
voor het leven!

PAPEGAAI

# PAPEGAAI

KIKI SCHIPPERS

op een lichte zomerdag
ging plotseling de bel
een man droeg een heel groot pakket
hier tekenen, en snel

Wout droeg het naar de keuken toe
en pakte het daar uit
het trilde en het stommelde
en maakte grof geluid

doe open! godverdomme!
en geef me nu een nootje!
het was een papegaai
met een briefje in z'n papegaaienpootje

lieve W, plezier ermee
hij is niet gevaarlijk hoor
hij praat niets na, met groet van K
en zorg er maar goed voor

Wout dacht: wat krijgen we nu?
wat moet ik met zo'n dier
wat eet-ie en wie is dan K?
waarom is hij niet hier

zeg luister, zei de papegaai
doe je het hok nog open
dan kan ik met je mee
als je boodschappen gaat kopen

zo kwam het dat Wout op de markt
liep met zijn papegaai
iedereen bleef naar ze wijzen
en ieder kindje gaf een aai

Lieve W,
Plezier ermee!
Hij is niet gevaarlijk
hoor!
Hij praat niets na
Groet van K.
En zorg er goed voor!

ze scharrelden wat voer bijeen
Wout wilde het wat leren
maar wat hij ook probeerde
het beest kon niet imiteren

zeg dit eens na! riep hij heel hard
en bleef dan heel lang stil
de papegaai deed een sirene
mét heel hard gegil

wat maakt het uit, hij is niet tam
ik neem hem overal mee naar toe
dus ging het beest mee naar het werk
en naar de barbecue

de buurvrouw van vijfhoog vond het enig bij hem staan
ze zei: ik had er net ook zo één, maar die is doodgegaan
och gut het had zo'n zelfde kop
en hele knappe veren
het was zo allejezus slim
ik kon het alles leren

maar de papegaai van Wout
viel toch een beetje tegen
hij kon niet imiteren
en hij kon ook nergens tegen

koppie krauw riepen collega's
deed hij een stoomfluit na
hij luisterde naar niemand
nee hij zei gewoon niets na

bij voetbal moest hij nul-nul zeggen
maar hij deed een wasmachine
en Wout ergerde zich wezenloos
hij wist het zelf niet meer

stom beest, riep hij, begrijp het nou
gehoorzaam of ik ga
als ik iets zeg of doe of denk
dan doe jij dat dus na!

hier, zo moet het! en hij blafte
als hij een hondje zag
maar de papegaai was vriendelijk
en zei alleen gedag

Wout aapte hier de visboer na
en daar de stukadoor
bij vrachtwagens en auto's
riep hij verhit TOET TOET!

steeds meer mensen vroegen Wout
zeg jongen gaat het goed?
we zien dat je hier met dat beest
steeds rare dingen doet

gaat goed, zei dan de papegaai
en Wout keek woedend op
weet je? ik ben klaar met jou!
ik hou er nu mee op

au zei toen de papegaai
maar Wout die was al weg
en heeft een week lang
in z'n kooi alleen maar au gezegd

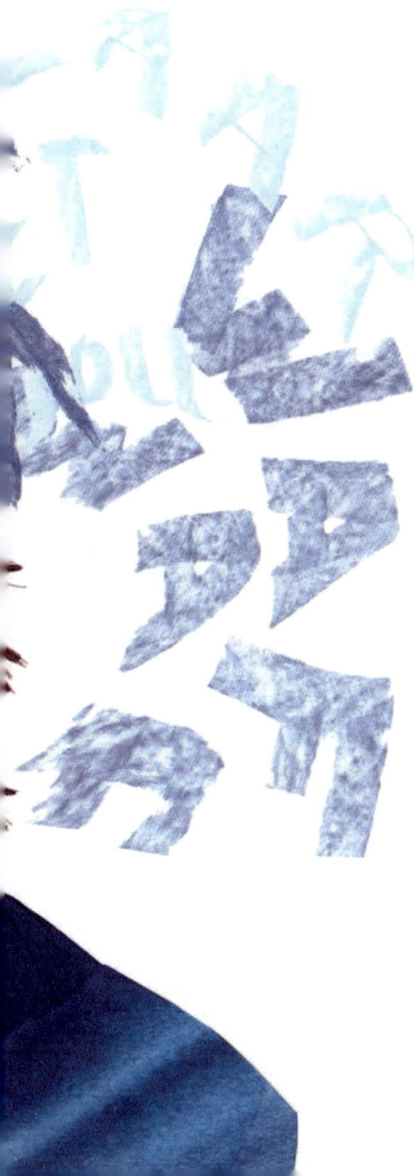

toen plotseling de deurbel ging
was dat wel even schrikken
het dier ging keihard te keer
met tegen tralies tikken

het was de buurvrouw van vijfhoog
ze zei: ik vraag het toch
kan het zijn dat er voor jullie
een pakketje is bezorgd?

pakketje? maar hoe heet u dan?
Wilma, zei ze zacht terug
Wouts ogen werden groot
er liep een rilling over zijn rug

het pakket was dus verwisseld
hij had niets in de gaten
het is de papegaai die mijn oom
heeft nagelaten

het is een goed gezelschap, hoor
dat heeft oom Karel hem geleerd
als hij probeert iets na te doen
zei hij: dat is verkeerd

dit is een heel groot misverstand!
riep Wout en werd heel rood
de papegaai klom op Wilma
en Wout schaamde zich dood

tevreden sjokte Wilma weg
Wout bleef heel even stil
en zei toen met zijn zachtste stem
als je een nootje wil...?

sindsdien vliegt het eigenwijze beest
een beetje op en neer
't krijgt van beide W's te eten
en imiteren hoeft niet meer

zo delen ze het ouderschap
over hun papegaai
hij praat misschien wel niemand na
maar is tenminste ook nooit
saai.

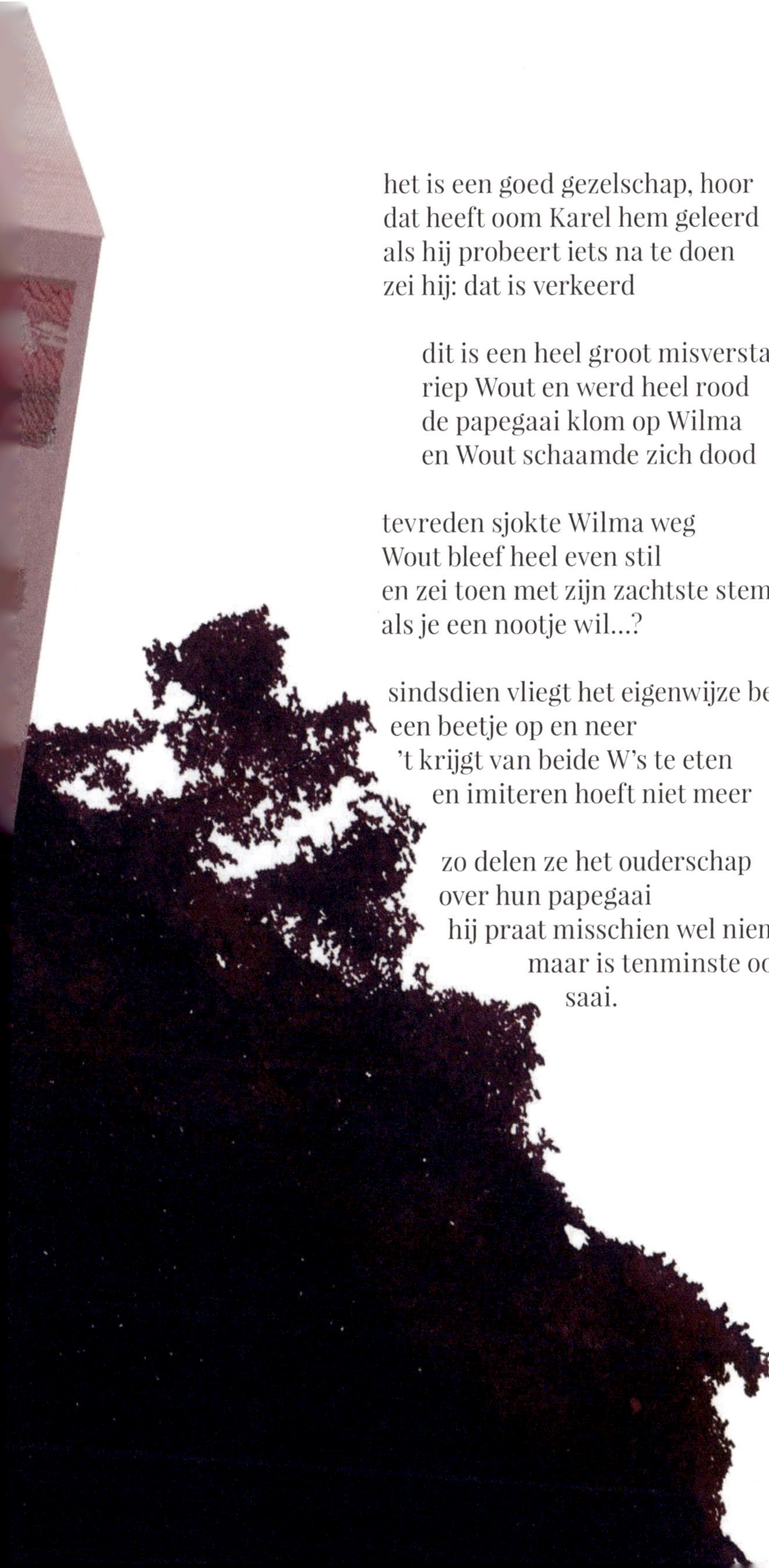

IJSVOGEL

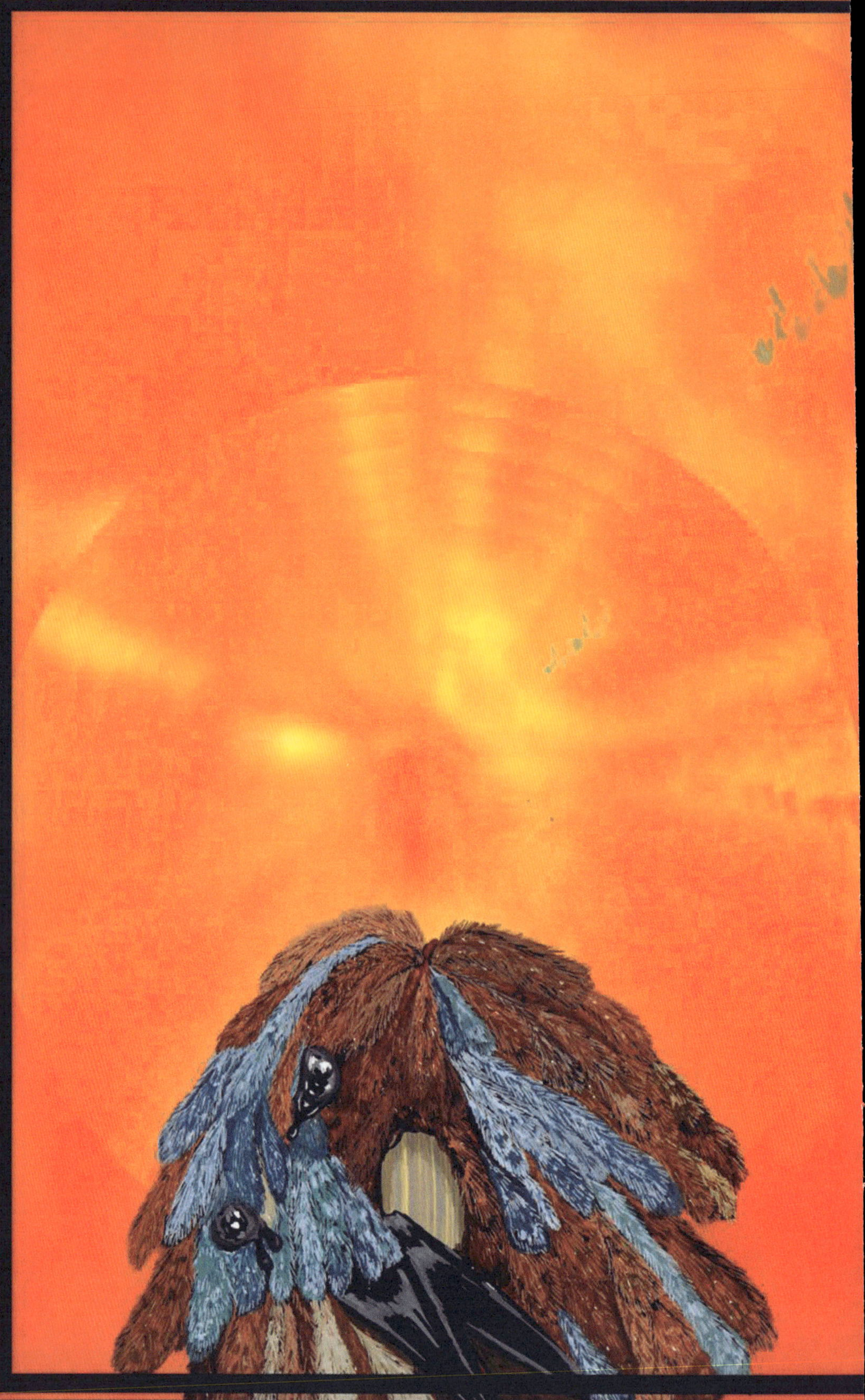

Mensen dachten vroeger dat kwartels doof waren omdat ze bij gevaar pas heel laat vluchtten. Vandaar ook: 'zo doof als een kwartel'. Maar kwartels kunnen prima horen. Het is juist tactiek om bij gevaar zo lang mogelijk stil te blijven zitten in de hoop niet gezien te worden.

Het geluid dat het kwartelmannetje maakt noemen we niet zingen maar 'slaan'. Het klinkt heel krachtig als 'kwik-me-dit'!

# KWARTEL

# KWARTEL

HANS DORRESTIJN

Na het krantenbericht voelde ik me alleen.
Waarom gaat alles en alles wat goed is verloren?
Een drama dat niemand wil zien, niemand wil horen:
hoe de kwartel, 't kwarteltje, uit ons dorp verdween.

In vroegere zomers waren er akkers met goudgeel graan,
doorspikkeld met bloemen, rood, korenbloemblauw.
En je kon na de oogst door het stoppelveld gaan.
Soms zag je dan kwartels. Dat vergeet je niet gauw.

De kwarteltjes waren om blij van te worden.
Ze roken naar zomer, naar broodmeel en hooi.
Een kogelrond lijfje. Hun vleugeltjes snorden.
Eerder aandoenlijk en grappig dan mooi.

Nooit ruist meer het graan in een zomerse bries.
De kwartels van vroeger zijn 't grootste verlies.
Een mens, in zijn of haar leven krijgt maar weinig cadeau.
Kwartel waar ben je? Waar ben je? Ik mis je zo!

'tLelijke mais heeft het koren verdrongen.
Al veertig jaar heb ik de kwartels gemist.
Die zijn vertrokken, zijn weg, noodgedwongen.
Onleefbaar is mais, maar de boer die beslist.

In dat lelijke groeisel kan geen kwartel bestaan.
En ik smeek de boeren: stap weer over op graan!
Maar 'k ben medeschuldig. Dat kwelt mijn geweten.
Eens heb ik zelf kwarteleitjes gegeten.
Een heel stomme streek in een Franse bistro.
Kwartel waar ben je? Ik mis je zo!

De kwarteltjes waren om blij van te worden.
Ze roken naar zomer, naar broodmeel en hooi.
Een kogelrond lijfje. Hun vleugeltjes snorden.
Eerder aandoenlijk en grappig dan mooi...

S
P

Roodborstjes hebben een ontzettende hekel aan de kleur rood. Elk ander roodborstje is namelijk een bedreiging voor hun territorium. Ze vallen alles wat rood is aan. Hun jongen hebben dan ook nog geen rood borstje. Als een roodborstje tegen het raam tikt, probeert hij dus eigenlijk zijn spiegelbeeld een kopje kleiner te maken.

# ROODBORSTJE

# ROODBORSTJE

KATINKA POLDERMAN

Dit is Evert. Het is een koude ochtend in de
winter en Evert tikt tegen het raam.

Tik tik! Tik tik tik!
Wat doe je Evert?
Wat wil je ons vertellen?

Aardige mensen denken dat roodborstjes tegen
ramen tikken omdat ze naar binnen willen.
Dat Evert wil foerageren op de appeltaart
die op het aanrecht staat.
De kruimeltjes van het geblokte tafelkleed
wil pikken met dat pietepeuterige
snoezige bakkesje van hem.
En daarna wil Evert knuffelen. Ja ja.

Ik weet wel beter. Weet je wat Evert wil?
Evert wil zichzelf kapot maken.

Roodborstjes tikken niet tegen het raam,
maar tegen de weerspiegeling van zichzelf
in het raam. Het is een aanval. Onverbloemde
zelfhaat, dat is het.

En als Evert zich maar kwaad genoeg maakt,
lukt het.

Tik tik! doet Evert. Tik tik tik!

En dan valt Evert in honderd scherven uiteen.
Eén scherf op de vensterbank, en één rechtop in
de appeltaart.

Eén op het gras.
En de grootste scherf, die zo mooi blinkt, die met de scherpste punt, waar komt die?
Die gaat dwars door Evert heen. Tsjak!

Missie volbracht.

Dag Evert!
Dag Evert met je poezelige tikketakke-bakkesje
en je natte rode pootjes!

Dag dag! Ziezo, slaap zacht.

Parkieten kunnen overlijden aan de giftige dampen die ontstaan bij het bakken in antiaanbakpannen. Ook bakken op een gourmetstel is niet ongevaarlijk voor een parkiet.

Als parkieten alleen zijn, met name als ze in een kooi gehouden worden, kunnen ze zich gaan vervelen en zich eenzaam voelen. Het zijn namelijk zeer sociale groepsdieren.

# PARKIET

# PARKIET

YENTL SCHIEMAN

Je kan niet zeggen dat Pipo er vredig bij lag. Verre van.

Nu had ik de dood nog nooit van zo dichtbij gezien, maar ik voelde in alles dat het niet vlot was gegaan. Niet zonder ondraaglijke honger of dorst, niet zonder heimwee naar een warm en veilig thuis. Niet zonder angst en zo te zien niet zonder pijn. Pipo lag er ellendig en verkrampt bij. Alsof er tegen het einde nog een onvergeeflijke martelvloek uit Harry Potter overheen was gegaan. Crucio! Z'n snaveltje was droog en stond bedroefd. Iemand had hem flink teleurgesteld. Ik kon wel raden wie.

'Geen idee wat me bezielde! Helemaal vergeten dat ie op m'n hoofd zat!' had ik gezegd.

Ik wist niet dat ik zo glashard kon liegen. Ik kon het zelfs zo laten klinken dat het leek alsof ik ervan geschrokken was. Dat ik er echt verdriet om had. Maar ik was doelbewust met hem naar buiten gelopen en had hem zelfs nog een zetje gegeven. Pipo was meteen weggevlogen.

Ik ben geen dierenbeul… maar wist ik veel dat parkieten helemaal niet gemaakt zijn voor temperaturen van acht graden onder nul.

Pipo. Pipo de parkiet.

We hadden hem gekocht omdat mijn broertje zo van parkietjes hield.

Het leek mij niet zo'n goed idee, want ik hou niet van dingen die ineens tegen je op vliegen. Vogels, torren, vliegen, lieveheersbeestjes. Het naarste aan lieveheersbeestjes vind ik dat ze meerdere vleugels hebben die ineens als een waaier uitklappen. Ik ben altijd bang dat ze in mijn haar of kleren terechtkomen en dat ik ze dan dooddruk. Maar ze mogen dan een waaier van vleugels hebben, lieveheersbeestjes maken geen lawaai.

Parkieten wel. Parkieten maken veel lawaai. Scherpe krassen recht uit de hel. En ze vliegen om de haverklap tegen je op.

Ik zag ook meteen dat er iets met z'n oogjes aan de hand was. Die stonden niet goed. Zoals je weleens bij moordenaars ziet. Dat hun ogen te dicht op elkaar staan.

Pipo had iets geks. Hij was te slim voor een parkiet. Hij voelde aan dat ik niets van hem moest hebben. Vanaf de dag dat hij bij ons thuis woonde, leek hij maar een doel te hebben... mij het leven zuur maken. De hele dag door. Tijdens de lunch probeerde hij altijd op mijn arm te zitten. Als het hem lukte, pikte hij hard met z'n scherpe snavel in m'n vel. Hij at al het beleg van mijn brood, piste op mijn filet americain en na een lang bad in mijn thee was het tijd voor een dut op mijn hoofd. Als ik hem dan wegjoeg, vloog hij met zijn hellekreten naar zijn kooi en vond ik de hele dag hard geworden hoopjes poep in m'n haar. Z'n territorium was afgebakend. Ik was van hem.

Praten kon Pipo ook, zeeën van tijd hadden m'n ouders daarin gestoken. En het lukte. Pipo bleek een robotachtige stem te hebben. Het zou me niets verbazen als Satan zelf ook zo'n stem had.

Langzaam maar zeker konden we goed verstaan wat hij zei. Hij deed iemand na. 'Dat lijkt Yentl wel,' zei m'n moeder. 'Dat is Yentls lach!' En dat was de waarheid. Hij deed mij na.

Hij had mijn manier van praten op den duur helemaal te pakken. M'n intonatie, de liedjes die ik zong. Mijn lach was het meest *freaky*. Hehehe. Ik vond dit niet prettig. Ik kreeg het er benauwd van. Ik denk omdat de imitaties te goed waren.

Maar het vervelendste van alles vond ik dat ik thuis, in m'n eigen huis, altijd op m'n hoede moest zijn. Op den duur vloog hij alleen maar tegen me op en pikte me bijna de ogen uit.

Ik had er schoon genoeg van.

Misschien moest ik mijn ouders en mijn broertje maar niet vertellen dat Pipo nu dood achter in onze tuin lag. Dan hadden ze nog de hoop dat Pipo een mooi leven leidde in de vrije natuur. Een leven vol avonturen samen met andere vogelvriendjes die per ongeluk vrijgelaten waren. Ja, in de zomer heel misschien.

Wie weet was het Pipo helemaal niet die hier lag, hield ik mezelf voor. Ik keek naar z'n oogjes. Erg dicht op elkaar. Maar ja, misschien hebben parkieten dat nou eenmaal en is deze een natuurlijke dood gestorven.

Hij had het verdiend.

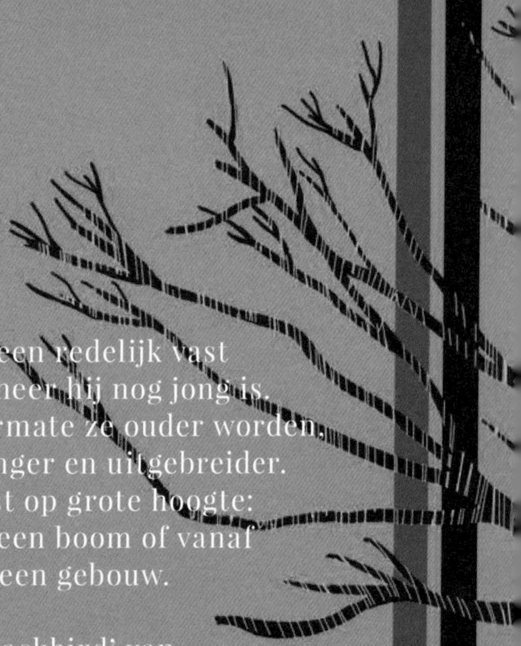

De merel heeft een redelijk vast
zangrepetoire wanneer hij nog jong is.
Ze oefenen veel en naarmate ze ouder worden,
worden de liedjes langer en uitgebreider.
Ze fluiten het liefst op grote hoogte:
vanuit de top van een boom of vanaf
het dak van een gebouw.

Het liedje 'Blackbird' van
The Beatles gaat niet over
een merel. Het liedje gaat over
de rassenscheidingsproblematiek
in de jaren zestig in de VS. Blackbird
is dus een metafoor.

MEREL

# MEREL

## BEGIJN LE BLEU

Er ligt een dode merel in het kippenhok. Vijf hennen lopen er nietsvermoedend rond. Toch zie ik aan hun kopjes dat ze niet gerust zijn. Ze lopen in staccato in een wijde boog rond de merel en houden hun poten iets hoger en langer op dan normaal, alsof ze vies zijn van de grond. Ik pak de merel op en net als bij Sherlock Holmes speelt er zich een scenario af in mijn hoofd. Zou hij ziek geweest zijn? Oud? Of aangevallen?

Mijn dochter komt bij de *crime scene* staan en vraagt of ze iets kan doen. Ze is mijn Watson. Mijn rechterhand en oogappel. Met afschuw kijkt ze naar de merel die in mijn hand ligt. Het is niet enkel een vogel waar we naar kijken. De dood is in ons midden. 'Mag ik hem aaien?' vraagt ze aarzelend. Ik knik. Ze aait het beestje met bibberende wijsvinger voorzichtig over zijn gitzwarte veren. Ze wil weten hoe een vogel voelt, maar ook hoe het is om dood te zijn, denk ik. 'Hij is mooi,' zegt ze. Ik knik weer.

Er komt nu ook een kip kijken. Ze houdt haar kopje nieuwsgierig schuin, terwijl haar vuurrode kam wat natrilt. Ze kijkt afwisselend naar mij en de merel alsof ze zich afvraagt of ik de dader ben. Ik koester ondertussen nog altijd de verwachting dat de vogel naar de nok van ons dak zal vliegen om met hangende vleugels en vooruitgestoken borst te beginnen zingen.

De kleine honderd gram geven wij tien minuten later terug aan de aarde. 'Zo,' zegt mijn dochter, en ze legt een laatste kluitje op het hoopje. Terwijl ik wat onwennig bij het grafje sta, zet zij er nog een kruisje op van twee twijgjes. Dan worden we even stil. Een van onze kippen laat een klagelijk gekakel horen. Mijn dochter en ik lachen er wat slapjes om.

'Mag ik de kippen nog wat graantjes geven?'

'Tuurlijk,' zeg ik.

De spreeuw kan het geluid van een aantal andere dieren perfect imiteren: van kikkers, bijvoorbeeld, maar ook van veel andere vogels. De buizerd, de wielewaal, de kleine bonte specht en de kip: hij kan ze allemaal nadoen!

In 1949 landde een grote groep spreeuwen op een van de wijzers van de Big Ben in Londen. De klok viel hierdoor even stil en liep hierna dus achter.

# SPREEUW

# SPREEUW

JAN BEUVING

Dag spreeuw, hier op de tegels van de tuin.
Je vliegt nog in de afdruk van je veren
die vettig op ons raam de vlucht markeren
die jou de das om deed. Je hoofd ligt schuin –

twee vliegen hebben zich al op je kruin
genesteld, om je langzaam te verteren.
Je kleuren zullen een voor een verweren:
het groen met paars wordt grijs, het goud
wordt bruin.

Wanneer je vriendjes in de najaarszwermen
hoogmoedig met hun kunst- en vliegwerk schermen
– patronen waar zich nooit één in vergist –

dan, spreeuw, terwijl zij met hun veren pronken
en duizendkoppig naar het leven lonken,
zal ik alleen zien dat er eentje mist.

ROUWKWIKSTAART

# DANKWOORD


Dit boek was er nooit gekomen zonder heel veel fijne mensen, ik wil een aantal van hen hier noemen:

Pap, bedankt voor je onophoudelijke stroom aan inspiratie, alle gesprekken die we hebben gevoerd over dit boek en voor je feedback. Je bent een wandelende kunstbibliotheek en weet altijd iets extra's uit me te halen. Dit boek is ook een beetje jouw boek. Hou van jou.

Dit geldt ook voor mijn man. Lieve Jelle, ik wil je bedanken voor al je tijd, het inbrengen van heel veel goede ideeën, je kritische blik en het opnieuw en opnieuw op pad gaan met onze dochter zodat ik tijd had om dit boek te maken. (Al vond jij dat stiekem misschien wel het allerleukste om te doen!) Hou van jou.

Ik wil mijn agente Elaine Michon bedanken voor het 'zien' van dit boek en alle moeite die ze in dit boek heeft gestoken. Je bent fantastisch in wat je doet Elaine, ik heb zin in nog heel veel meer mooie projecten samen!

Ik wil alle auteurs bedanken, maar in het bijzonder: Katinka Polderman, Kirsten van Teijn en Christine de Boer. Jullie waren de eersten die ik vroeg, in de onzekere fase van dit boek. Jullie waren direct enthousiast, ook al vroeg ik soms veel. Ik ben jullie eeuwig dankbaar voor de prachtige en grappige verhalen en inzet, en ben ik blij dat ik jullie tot mijn vrienden mag rekenen.

Als laatste wil ik mijn uitgever voor dit boek, Juliette van Wersch, bedanken. Ook jij 'zag' dit boek en wilde dit avontuur met mij aangaan. Ik ben heel blij je te hebben leren kennen en wil je bedanken voor al je inzet om van dit boek iets heel erg moois te maken.

Mijn doel is heel simpel in dit leven: ik wil schoonheid laten zien in al haar vormen, mooie dingen maken, heel veel kunnen lachen en liefde kunnen geven. Het leven is kort, het moet hier en nu gebeuren.

Maak er wat van én maak iemand anders blij met *Een dode mus!*

Meike Lieve Bos